KB196295

벌수지 아리랑

벌수지 아리랑

홍윤표 시집

인쇄일 | 2024년 11월 05일
발행일 | 2024년 11월 10일

지은이 | 홍윤표
펴낸이 | 김영빈
펴낸곳 | 도서출판 시아북(詩芽Book)
출판등록 | 2018년 3월 30일
주소 | 대전광역시 동구 선화로214번길 21(3F)
전화 | (042) 254-9966
팩스 | (042) 221-3545
E-mail | siab9966@daum.net

값 12,000원
ISBN 979-11-94392-08-8(03810)

* 이 책은 2024년도 충청남도, 충남문화관광재단 의 창작지원금을
지원받아 제작되었습니다.

벌수지 아리랑

홍윤표 시집

시인의 말

늘 시詩의 정원에서 삶을 영위해 온
난 건강한 정신력으로 연속된
시문학 인생 속에서 살며
꾸준히 시를 창작하고 시집을 엮고 싶은
마음은 한 마음 한 목표다.

시를 쓰며 충남인은 누구나
본 공모전에 선정되고 싶은 터전
2024 충남문화관광재단 문학예술지원사업 선정에
지역문인들로 축하의 박수를 받은 자긍심
작품집을 준비함에 기쁘고 용기가 난다

이번 시집은 시제詩題가 좀 생소한 느낌이 들겠다.
「벌수지」란 지명은 삼국시대 백제 땅 벌수지 縣
지명은 충청도 당진현唐津縣 으로 지정해 내려와
오늘날 당진시의 옛 지명이었다는 점을
후세에 전하려는 관점에서 『벌수지 아리랑』을 내놓는다.
아리랑 아리랑 아라리요

2024년 10월

충남 당진시 읍내동에서 池松 홍윤표

5

2부

벌수지 아리랑

3부

남북이 하나되면

4부

남산을 오르면

벌수지 아리랑

홍윤표 시집

1부

바다를 노래하는 여인

바다를 노래하는 여인

여인 없는 밤에 홀로라면
이 세상은 얼마나 쓸쓸하고 허망하랴
바다에 가면 바다의 여인이 살고
강에 가면 강을 노래하는 여인이 산다
바다에 가면 바다를 노래하는 여인이 산다
낯선 땅 위에 밤 깊어 달이 흐르니 하늘이 맑고
낙조 진 만선의 산 무덤을 회전하며 사는
순한 바닷가동네 사람들
나무처럼 결 고운 심성들이 길 드려 있다
너와 나를 돌아볼 수 있는 해당화 핀 오후
막간 하루의 신음들이 길들여 있고
경사진 사설묘지 위로는 흑요암에 담긴
화폐 동전이 반짝이고 있었다
나를 위안할 길이 없어 타이른 당신
소주잔에 기울인 이름을 밝힐 수 없었다
통성명 하나쯤은 전해줄 유월의 안개 속에
뜨거운 당신의 맘을 꽁꽁 묶인 밤
맥빠진 시계바늘은 아직도 그리운
여인의 섬처럼 모여 앉아
바다를 노래하는 여인을 찾고 싶었다

겨울 여명 黎明

꽃상여 나가는 모습 본지 언제던가
삭발 된 거리에서 늙은 서릿발이
물구나무 서서 내리는 초겨울

입동 지나 소설이 가까워진 계절이듯
겨울의 뼈마디가 굵어져 지상을 버티듯
느슨한 초복은 벌써 잊은지 오래다

밤하늘을 가르는 은하수
별빛이 더 빛나며 매서운 겨울 날씨에
함박눈은 거리에 맥을 잡지 못하고
거리를 딩구는 붉은 단풍의 소속이 알고 싶어
사랑의 길에 줄 서서 여명을 기다렸다

눈썹 가까이서 사찰을 지키는 칠층석탑을 보니
하얀 겨울의 발자취를 알리듯
백동백 꽃망울은 기다림으로 무성하게 전했다

뜨거운 겨울 바다

동해 대진항에 바닷고기가 누워있을 때는
고성에 문어와 도치가 매력 있다고 맨손을 잡았다
수산시장 가판장에 가면 번들거리는 밍크고래
새끼가 잡혔다고 어부들의 대잔치였다

한 해에 한 번 잡힐까 말까 한다는
바다를 헤집어 봐도 없다는 밍크고래를 잡느라
실랑이를 버리고 고생했다는 포구의 어부들
어깨에 힘주며 으시댄다

묵묵히 저항하는 날카로운 항구와 바달 지키는
대진등탑은 열 층짜리 아파트다
등대에 올라 북쪽을 바라보면
분단의 아픔이 경직된 항구의 약속하다

오고 갈 수 없다는 국제적 약속
언제까지나 경계 삼아 살아가리까
대진항 바다 물소리는 변할 리 없어
어업인의 도마 위 칼질은 계속 날카롭게 빛났다

먼 동트는 겨울 새벽을 산란처럼 깨고 나와
놋쇠난로 속에서 불타는 잉걸불의 침묵과 인연
몸을 달구다 물질하러 떠나는 해녀들
힘찬 여운에 문어잡이가 동해엔 대세다
늘 뜨거운 겨울바다 출항은 즐겁다.

길

길을 걸어도 같은 길을 걸어도
길고 짧음이 줄서 있다

쓸모에 따라 모래길 해양길
토양 길 시멘트 길
아스팔트 길이 까맣게 누워 있지

이웃 집를 오르내리는 정겨운 길
사계절 꽃이 피고 지는 꽃길에 이르기를
향토길이 놓여 자전거 타고
그 길을 찾아 목적지에 이르지.

꿈을 향하여

긴 여름이 다가 오거든
거기 서 있으라 말해라
물안개 오르는 앞산을 향해 바라보다
내 할 말 다 못하고 연주하는 날
내 속심을 너에게 던지고 싶구나

네가 나에게 모든 걸 주던 안주던
상관하지 않으려만
난 너에게 책 한 권이라도
이웃 소식이라도 안겨주고 싶구나

그날이 올 때까지 기다리지 않을
심상이지만 계절 따라 변하는 자연의 변화
산중 꿈을 향해서 노력의 땀방울 모으니
강물 되어 흐르리라

노치원 老稚園 시대

건강보험시대 노인보호센터는 날로
늘어나 오늘날 전국 이천여 곳으로 늘어
초고령 시대 물결로 넘쳐 노치원 시대라네

기후변화를 강조하는 시대 무더위 속에
여름 장마는 늦장마가 아니라
이른 장마로 산지에 토사를 우려해
안전관리 통신이 쏟아져 수문 걱정까지다

수심 높은 장마철 실버시대 급증으로 인해
늘어났던 유치원은 저출산으로 줄고
경제지표가 달라져 고령화를 막을 수 없다는
언론의 톱기사다

천만 실버시대 막을 수 없는 과제일까
어린이의 교육시설인 유치원이 노치원으로
바뀐다니 웬말인지! 정답은 어디인지
경제지표가 걱정이라 보사부는 황색편지다

불안한 강진

돌발성 강진이 일어나 불안을 가져다 준
서해안 지진은 한반도 내륙에 4.5 규모라
전 국민이 놀라서 여진으로 불안이 높았으니

땅심이 50키로에서 단층이동으로 인한
차이에서 진앙은 국민을 불안케해
단층이동은 정단층 이동
역단층 이동은 주향이동단층에서 유발되는데
부안 지진은 주향이동단층이었다네

경주 지진에 이어 큰 지진으로
건물에 피해를 주어 안전지대는 없다는
결론을 주니 피해를 줄이고
안전을 위해 평소 안전훈련을 키워야

돌발성 강진 해소 방안은 어디까지
안전훈련은 늘 필요해, 충남에도 지진은
마음 놓을 수 없는 터라 불안이 있네

삶의 걸레

봄부터 자라서 널부러진 형상을
그대로 버릴 순은 없었다
그저 토방 아니면 방구석 한 모퉁이에
돌돌 뭉쳐서 안식하는 걸레일지라도
때로는 쏠 때가 있다

틈난 마루 구석에 틀어박혀 웅크리고 앉아
가난한 새들의 노래나 들으며 침묵할 일인가
신세 한탄으로 타버리는 걸레 뭉치
탁한 먼지를 누가 마실지 황사바람이 두렵다

내장이 시원토록 닦아야 하는 내부 청소
걸레는 빨아도 걸레라는 숙명을 어찌 지을 수 있으랴
온몸이 쥐 나도록 분장하고 나오면
훨씬 가벼울 걸 깨지도록 부딛는
너의 불결한 육신

그대로 빨거나 삶아도 변화무쌍한 시체여
비가 내리는 날 무자식 상팔자라는

푸념을 마시며 청청한 무지개 우산 쓰고
공허한 교실을 걸으리라

연호 음악회

지친 하루의 몸도 음악이 그립던지
선율 따라 담수호가 흘렀다

저녁노을과 작별하고 길바닥을 쓸던
깡마른 대빗자루 막다른 골목을 지나서
빛바랜 순한 소리꾼들의
태양 빛을 마시는 오후의 낙조 속에
황홀한 조선시대 수리시설인 이름난 연호방죽
연꽃축제는 진한 공연의 주연이다

연호가 초청한 열린음악회 좀 소규모
소도읍에서 열린 소리꾼들의 열정
초청객의 흥겨움은 버스킹이다

어둠 속에 이어진 어둠의 영상과 율동
시민들의 흥겨움에 연잎새의 여흥
서릿바람에 신선한 야경은 아스팔트에 누었다
먹는 일에 눈 밝은 농촌의 선율
허기가 차오른 밤길, 힙합 율동이 열려

초청 된 푸른 밤의 신명 나는 열린음악회
삶의 터에 생기 솟으니 문화로 사는 맛이 흥겹다

수몰 지구

해발 천 미터가 넘는 산악을 오르니
전답없어 모두가 산으로 맥을 잇는다

산상 전답을 알뜰히 가꾸면서
산중 중턱에 앉아 산시를 쓰며 살아감은
덩쿨진 칡 생각이 세상사이거늘
산세의 위력을 지키며 사는 것
인간사에 무리가 아니기를

때론 삼대를 이어온 집과 텃밭을 수몰시키고
대대로 지켜온 마을 정자나무도 수몰시키고
알뜰히 모셨던 부모님 묘소도
단체가 모인 공원묘지로 이장시켰나니

비만 오면 염려하던 홍수가 흐르면 걱정하던 나날
이젠 걱정을 떠나 맑고 쓸모있는 호수가 된
수몰 지구를 휘돌아보며 한 숨을 쉬었다

시인은 아침 산책길 걸으며 시상을 떠올리는
위대한 꿈에서 써놓은 시편를 편집하던 즐거움
이젠 안심하고 수심 깊은 시집을 출간하겠다

엄마의 봄날

어느덧 스므해 오른쪽 무릎이 시끈시끈
고희를 넘으니
이젠 절룩거리는 그림이 그려졌다

날 보는 친구마다 무릎 수술을 하셔야 겠어요
질문 아닌 답이다

그래 이젠 해야지
날짜 잡아 막내가 청담동 소재
엄마의 봄날에 예약했다고 전화가 왔다
겨울은 농촌어른들이 수술받고
주인은 제비가 날아오는 3월이다

오른쪽 무릎을 검사받고 인공관절 수술을 받고
입원중 바라보는 한가한 청담동
한강이 유유히 흐르는 위로 영동대교
대교는 수많은 차량을 등에 지어 날랐다

퇴원 후 물리치료를 받으며
기우뚱 기우뚱 왼쪽이 시원치 않다

사람이나 동물은 균형을 맞춰 살아가는 생체
다음 해 다시 찾은 엄마의 봄날

양발로 똑똑히 잘 걷는 모습을 보는
사람마다 위로하고 인사를 나누는 나날들
이제 양쪽 발을 얻었다
키도 컸다며……

아침에 피는 꽃

아침에 피는 꽃이 무슨꽃이 있으랴
생각하니 온몸에 비가 내린다

저녁에 피는 꽃은 노란 달맞이꽃
분홍빨강 분꽃이 산처럼 생각나는데
아침에 피는 꽃은 온몸에 비가 내린다

그러나 무더운 여름 생각하니
줄타기 보라빛 나팔꽃이 있었네

채송화가 문턱에서 반겼다
노랑 빨강 분홍 앉은뱅이 꽃
채송화가 반갑게 반겼네

잃은 자의 모습

농사를 외면하고 떠나던
신사들이 돌아와 양말을 벗는다
벗은 양말은 아디다스 스포츠 양말
아직은 흠이 없어 갸웃대지만
상긋한 커피 한잔 생각에 눈이 부시다

타브 향수가 흠뻑 밴 넥타이를 만지며
맥주에 몸을 적시니
주름 잡힌 양복은 서울이 그리웠다
한강 물에 세탁을 원하는지
소달구지 몰던 농로에 퇴색된 포장길이 늘자
길폭이 좁아 휘파람 속에 삿대질이다

황톳길에 공회전하던 경운기가 맨발로 달린다
밤무대가 가까운 테헤란로가 그리운지 귀향인은
산정상에 심은 철탑을 올려보고 긴 함 숨
산은 철탑으로 길을 내니 뻐꾹새 울음이다

전통의상

프랑스는 예술이고 갤러리다
베르샤유 궁전은 물론 전 도시가 꽃이요
정원이다
화려한 꽃이다

거리에 의상은 붉고 화려한 전통복장의 거리니
프랑스는 도시예술의 나라가 아닌가
웃음소리 박수소리 버스킹 공연은 어느 곳이나
남다른 나라가 아닌 본토의 리듬과 선율애
전통복하면 프랑스다
한국은 그리 흔치 않으니 전통성을 이해하겠는가
의사도 가족도 귀족도

프랑스인의 전통의상 관리는 세계적이라고
예술 최고의 나라 프랑스를 걸어서
세계 속으로 걸어 보잔다

카톡

어제도 카톡
오늘도 카톡

아침이면 쌓였던 카톡을 풀어내느라
시간이 흐른다

카톡은 기다려지는 소식도 있지만
카톡은 기다리지 않아도 아침 눈을 뜨면
소식이 100건, 200건 쌓이니 숨 가쁘다

엊그제도 카톡
어제도 오늘도 카톡 내일도 쌓이겠지
개인 카톡도 있지만
단체 카톡이 쌓인다
카톡은 성의와 정성이 있지만
귀찮은 카톡 내용도 있어 짜증이 난다

하지만 카톡은 우정이고
인연의 열쇠이니 기다려보는 것도
때론 인생 공부요 바람이고 눈이 쌓이니

폭염과 폭우

물이 많이 요구되는 계절은 육칠월이라
물을 가까이 찾게 된다
갑진년 유월 초순 벌써 수은주가 39.9°를 찍어
특집뉴스가 쏟아진다
얼마나 기자가 더우면 우산 쓰고 나와
달성공원에서 마이크를 들었으랴

점점 기후 온난화로 무더위가 가까워 오는
세기라 때 이른 불볕더위더라
유월에 한반도가 연일 고기압 영향권이라
고삐 푼린 계절이라니 잡으라 주장하니
지구를 살려야 함은 과제다

비가 내려야 폭염을 조절할 수 있다는
기후변화에 때론 소나기가 내린다니
맘 놓지만 기상청 예보다

군포시에선 폭염을 식히는
물방울 축제에 물 탑을 쌓았다고

폭염을 끌어내는 힘 인간의 과제요
힘이다 지진이요 활화산이요 해일이요
세계 곳곳에서 발생하는 지구변화 기후변화 요소다

지구 안에 인간들 안전제일로 환경을
최고의 가치로 지키는 의무
너와 나의 일이지 사랑이 아니다
이런 계절에는
너도 나도 질서 있는 책임이다

시인의 마을

시인의 마을에 소나기가 내리면 홍수보다
차분한 마음의 비바람 시詩를 쓰겠지

처마 끝에 떨어지는 낙숫물 소리
리듬을 키우는 시를 쓰겠다

시인의 마을에 비가 내리면
우산 쓰고 모국어 살려 시를 쓰던
시인의 마을에는 비에 젖은 시를 읊으며
강줄기 따라 눈물을 닦으며
물안개 피던 남산을 바라보겠지

봄나무에 물이 오르면 달팽이 처럼 외길 찾아
태양을 맞이할 정동진역은 아닐지라도
우기雨氣를 기다리는 시집詩集를 엮겠다

2부

벌수지 아리랑

가로수 없는 거리

가로수 없는 거리는 왠지 허전하다.
어찌나 삭막하고 고요한지 가슴까지 뛴다
하늘이 외면하고 바람이 쉬지 않으니
길은 더 삭막했지

도로가 막혀 발 묶인 승용차
앞만 보고 달리니 투명치 않은 사투리 쓰는
사람들은 가는 길을 묻는다
그대가 친절해도 옆 인간은 퉁명스럽다
갈길 묻던 사람들 퉁명스러운 말대꾸다

하늘에 걸린 거미줄이 얼굴을 가린 오후
그 옆으로 고추잠자리가 낮게 비행하다가
빨랫줄을 거부하며 계절을 가르듯 앉는
비명은 어딜 가고 잘 모르는 이정표의
비양심에 질려 귀가 곤두선다

아직도 갈 길이 멀다는 말
가로수 없는
길가엔 왠지

허전해 어찌나 삭막하던지 가던
길이 미워져 식수에 관심을 두었지
그대를 몸소 밝혀주던 석양까지 미워졌다

가로수는 걷는 사람들의 휴양지주
걷다가 가로수를 꼭 붙잡고 애무해 보자

가을 행렬

머리를 쳐들고 엎드려 서정을 가꾸는 날
나는 추풍일기를 쓴다

늦가을 펼쳐진 카페 한구석에 앉아
한 해 동안 가꾼 벼를 말리는 오후의 자리
추곡 수매가격이 얼마나 오를지
스마트폰에서 방정식을 푼다

초여름 밤꽃 향기를 뿌려주던
밤단지가 어렴풋이 그리운 가을 행렬에
알밤을 줍는 아침 해가 그리웠지

세상 안에서 세상 밖으로
세상 밖에서 세상 안으로 좁혀드는
가을 속에 풍경 목마를 타니
이웃을 떠난 고아가 그리워 찾아온 경계
가을 행렬의 바람은 낙엽 한 줌 물고 떠났다

교정을 보며

시가 써지지 않는다고 봐달라던
그에게서 전화가 왔다
읽을 때마다 느끼는 중복된 명사와 형용사
답답함을 지우며 줄여라 죽여라
명령하던 한 마디 퇴고

여명이 밝아 올 그 시간까지
다시 써보자 달래는 마음
그 마음 더듬으니 가슴이 아리다
칠월 장마에 돈독했던 우정을 살피며
다독이던 산중전답 퇴화의 목소리
꽃을 피기 위해 시를 쓴다는 그녀의 다짐

오늘도 길이와 속도와 넓이와 두께와
상상력을 높이며 시의 무게를 맞춰보라
시를 심은 계절에 내린 소망의 이슬
방울방울 가슴에 맺힌다

꽃은 내게 말했네

산하에 꽃은 미래를 알고 살기에
향기를 쓰담쓰담 내보내는가
꽃은 내게 말하네

그건 후세를 위한 위대한 향기라고
해질 때면 시들시들 얼굴 찡그리고 눈 감으며
향기 잃을 너와 내가 아니라는 걸

늘 허탈한 세상을 살다가 쓰러질지라도
화려한 답장은 몰라 산모퉁이에 앉아 산을 비켜
저 건너 바다를 바라볼지라도 향기 나는
파도소리는 안 들린다 꽃은 내게 말했네

아침을 향한 천하를 밝혀 색을 내는 꽃봉오리
세월을 익히며. 미래를 꿈꿀 다양한
색감을 먹은 꽃들
그래도 먼 장래가 있으니 눈을 뜨고
꽃으로 하늘을 열어 가겠네

사랑과 행복

그대가 모름지기 여기 있다는 것은 아니
어딘가에 살아 있음에
사랑함이 분명하다 말하리라.

사랑에 행복을 간직하고 사는 건
행복에 사랑을 소유하고 사는 건
그대가 사랑을 최후까지 소유할 수 있다는
큰 자부심이라오

이 땅에서 방황하지 않고 서 있는 그대
서로가 사랑하고 있어 감사하리라
새벽녘 일어나 타오르는 태양을 맞으며
인생을 돌아보고 기뻐함은 사랑과 행복이라오

탁한 공기 속을 통행하는 자동차 소음과 싸우며
꽃대궁이 피어나는 꽃 순을 맞으니
사랑이 눈뜬 고요 속에 살아가요
행복이 싹트는 고요 속에 살아가요

눈물 흘리는 풀잎

다 털린 은행나무 사이로
눈발이 내리는 데
꽃이 아니고 그건 시詩였다
흐른 세월 물이랴 바람이랴
향나무 나이테에 향내 맡으며
호숫가에 걸린 빈 배에 마음을 보탠다
꺾을 수 없는 태양의 오름
이미 체온을 녹이는 해돋이라 하지
무리하지마라 네가 걸어온
세월을 탓하는 건 잘못된 말꾼
청춘을 원망하거나 말하지 말아야지
천지에 흐느끼는
사계절의 바람을 견디지 못하고
눈물 흘리는 풀잎
너는 이름난 풀꽃이 되지 못해……

다시 찾은 검은머리물떼새

부서지고 깨지는 것에 대해선 말하지 않으리
칼날처럼 날카로운 날에 칼바람으로
마음 한편 도마 위에서 잘리듯 생기 나는
바다 우럭 꼬리부터 자르니
파드득 봄 파도 치듯 파드득 말이다

해안을 서성이며 숨어 사는
갯벌에 생물과 미생물을 식성하는
희귀한 검은머리물떼새의 몸짓
서해안 난지도 큰 섬 줄기에도 쌓인
부표에 숭어가 재잘거린다

섬과 섬을 이룬 오밀조밀한
섬에 정 두고 다시 찾아든 검은머리물떼새
수천 마리 큰 섬에 날아와 정을 주니
해마다 든든한 섬 가족이다

등록의 가치

지자체가 취한 악취 나는 매립장을 돌아본다
내가 버린 것 다시 모은 거리에 폐기물
새벽부터 철저히 수거하지만 때론
그대로 방치한 때도 있으니 거리가 부산하다

좀 거북한 시선에 다시 살피면 무법천지라 할까
다시 태어난 샛강의 그리움처럼
환경의 원인이 간간이 묻혀 있다
폐기물 처리 봉투가 아니거나
폐기물 처리 비용을 안 붙인 원인이
파충류처럼 꿈틀댄다

사람들은 버릴 때 버리는 비용의 댓가를
바로 알고 살아야 하느니
아기가 태어나면 가족등록부에 올리듯
우리는 등록에 매달려 살고 있어 등록으로
삶의 가치를 높인다
너와 나는 문명다운 문명의 법에 묶여
선량한 범위에서 살아가느니

빨간 기대감

모야 안방에서 토실한 뿌리만 보고
택배로 꽃 뿌리를 사다 심었습니다
봄의 땅에 뿌리 박고 30° 기온이 오르는
여름나기더니 줄기로 올라 피는
꽃이 곱고 고운 빨간 기대감이 깊었는데
그만 지친 하얀 꽃순이 나와
실망이 흠뻑 젖었답니다

기다림은 자유지만 어찌 희멀건 주체성 있는
접시꽃 닮은 진한 하얀색도 아닌 희멀건 색상
기대는 자유지
왜 빨간 꽃송이를 기대하는 마음인지

지금도 실망이 담긴
그대 꽃만 바라보니 빨간 기대감은
어딜 기어갔지 징그러운 흙 지렁이처럼

벌수지 아리랑

- 당진縣

청명한 공기에 청명한 새바람을 간헐적
실어내는 채운 하늘은 금빛 노을을 이고 와
백제는 혜군 영헌에 벌수지 문을 열었다

바다와 산이 고요한 명문의 땅에 문화를
깨우기 위해 문화예술도시 승화로 명성을 날리며
기지시 줄다리기로 복된 아리랑이 흐른다

흥겨운 사물놀이 풍습을 본토에 뿌리 깊이 심어
밀려오는 서해바다는 흥을 내며 춤을 추었네
잡아보자 당겨보자 뭉쳐진 힘 모은 줄다리기 축제
틀모시에 불을 달구어 예술의 혼 다 익혀와
UNESCO에 등록까지 길드렸네

벌수지 마당에 장고항 포구가 열리고 영산靈山인
아미산 몽산을 올려보고 산업단지가 곳곳에 유치해
공업도시로 정착해 대역사의 대종을 울릴
벌수지여, 아리랑 아리랑 아라리요

먼동에 창명唱名을 드러내 나날이 성장하는 당진시
언제든 두루미 나래 활활 펴고 날으리
개벽하던 신시대 포구를 연 당진항의 고동소리를 튼
조선은 새로운 시대찾아 벌수지의 지명을 당진현이라
한진항은 어부들이 잊을 수 없는 포구로
서해대교와 고속화 도로에 서울의 관문으로 정착
긴 역사와 근간이 남을 그 이름 벌수지였다

내 인생 딩동댕,

- 송해 특집

간밤 겨울 양파밭에
함박눈이 서툴게 내렸다
전 주부터 알려온 일기예보 눈소식
뜨겁게 알려왔는데
함박눈이 내린날은 음력 신축년 마지막날
자고 나면 설날인데 오늘도 부산하게
설맞이 음식준비에 가족들은 분주했다
눈이 침묵으로 쌓이면 오갈 길이
걱정이라는 효도 명절 맞이
그래도 명절은 행복하고 반갑다

설은 소리없이 흐르는데 오늘 밤은
송해가 방송에 기여한지 40년 특집이라
눈물을 흠뻑 흘렸다

송해가 현 나이 96세 북한 재령 출신으로
본명은 송복희*라는데 국민엠씨로
방송인생 40년 송해를 방송한다
설특집 방송 회고 무대인지
화려하고 의미가 깊은 수렁였다

한 많은 대동강아, 동동구르무 눈물이며 한이었다
창공 악극단을 시작으로 연예계에 입문
모두 눈시울이 뜨거운 무대를 보는 시간
전국노래자랑 MC36년 함박눈이 분장했으니
하얀 겨울로 분장했다 내일은 흑호랑이의 해
설날이 꽂었다
여러분 고맙습니다
천만 명 만난 여러분
송해 선생! 내 인생 딩동댕이다

* 송해 사회자의 본명이다

시원詩園을 걸으며

시를 쓰며 살을 붙치지 말고
버려라 해도 아깝다는 생각은 하지 마오

부드러운 형용사를 자제하고
조사를 아껴서 쓰라고
시 창작 선생님 말씀

시 쓰기는 악보같이 부드럽고
거만한 문학 지망생 그래도 매력 있어
시詩를 써 시집으로 묶는다네

시에 붙은 살 버리며 사는 거
시를 아깝다 말고 거리에 심어보자
지하철 승강장 문에 심은
시詩를 잘 보면 가슴에 꽃이 피더라

갈등

이걸 살펴보니 허리 굽은 냇가가 생각나고
저걸 보자면 무한한 수평이 바다가 생각난다

지나가 버린 것은 바로 지워버리자
생각을 잃어버린 조그만 생각들
다시는 생각하지 말자

이걸 보면 달이 생각나고
저걸 보면 별이 생각나는 낡은 지각들
쉬 날아가 버린 참새들의 곡예에
갈등은 자유부인 되어
비극의 꿈을 묻어버린다

오로지 자유의 찬밥만 먹고 사는
아름다운 당신의 운명을 지켜준 어항 속에
키 작고 토실한 쌀붕어가 되겠다.

실향 70년

철마는 달리고 싶다 외친지 얼마인가
38선의 비무장지대가 가까워 오면
더 진한 그리움이 적벽돌처럼 쌓인다

새벽 일출의 방향은 그대로 변화의
벽에 걸릴거라 믿으면서 그냥 그대로
객차가 순화점을 돌아갈 때마다
철렁이는 아픔, 눈시울 따갑지만
남북간 철도는 그냥 그대로 멈추었다

붉어진 산하에 방송메지시 흐른지 얼마던가
올려볼 때마다 그냥 그 자리
고향은 멀고 멀어 낙조만 붉게 탄다
광화문 네거리 우리의 서울은 화려한데
그어진 38선은 천지개벽없이 발길이 무겁다

우리는 잊어야 할 때 그 때 그 몸부림
목쉬도록 여의도 광장을 떠났으리
쉽게 잊을 수 없는 아픔이 아니라
어머니의 부르튼 통곡에 잊었던

형제자매들 그리고 부모님
상채기가 아직도 가시지 않았으니
그 실향의 땅 70년
잃어버린 70년이 지난 그 이름
반려견의 이름이 아니다

38선 가까이 화암사 산사에서 전하는
새벽 예불소리 방방곡곡 전하고 싶은
평화통일의 예불소리

우리의 산하 백두대간 한라산까지 전하렴
평화통일의 메아리 어서 열리렴
"남북이 하나 되면 세계는 우리무대"라고……

지하 가판대

수학등식에 맞추어 알몸으로 생땅을 파는
일은 그리 쉬운 일이 아니다

세상살이 어려워져 습지가 건땅이 될 무렵,
외로움은 더 커지는 법
빠른 길을 택하려 지하철을 탈 때
아니 좌표가 쉬워서 지하철을 타지만
그들의 구속은 법적구속이 아닌
자유지만 먹고 사는 일이 먼저라서
한 눈으로 택하기 어렵다

익숙한 계단과 익숙한 에스컬레이터
익숙한 교통신호에
익숙하게 떠나는 신호에
한 세월 살다가 가는 인생
알몸 천국사람을 어디 볼 수가 있으랴

한 평도 안 되는 투명한 유리상자 속에
판 박힌 글자를 파는 수감된 사람들
오늘도 시사가 넘치는

매스미디어에 몸을 팔고 있음은
세상을 팔고 있음이다

전동윤전기처럼 돌아가는 미디어에
세상을 파는 일은 지하 가판대만이 아니었다.

우울한 봄

넉 달 동안 묶였던 몸이 풀렸나 보다
봄이 와 만산에 풀꽃이 피겠지만
맥이 풀리니
겹벚꽃도 화려하고 모란꽃은
더 화려하고 싱그럽다

애초부터 꽃은 화려하지만
돌봐 주는 이 없으니 더 초라했어

그동안 당신도 우울했지
세상에 별난 코로나 19로
꽃 공원에 나가 가슴을 풀고
마음을 열어보면 어때요

꽃시장

자연의 소리는 아름답다
자연의 색상은 더 호화롭고 곱다
자연은 신비로워 색을 골라 흐른 파장의 길
찾아온 봄을 팔고 꽃을 파는 시장엘 갔다
꽃판을 벌려 놨던 꽃시장은 퇴장을 시작했다
봄 벌판에 벌려 놨던 봄꽃과 야생화
울안 정원에 심을까
터에 없는 구근초로 몇 그루 샀다
흰 백합꽃 튜울립 매발톱꽃 수염파랭이
홍매화나 목련나무는 나이 들면
정원을 차지해 고려했다
다양한 꽃묘 온종일 어디로 팔려갔으랴
찾는 꽃묘포는 한 두 그루 입 다물고
발그레 미소 짓고 있었다
닷새마다 열리는 전통시장엔
꽃시장이 전殿을 벌려 화려하게 장식했다

벌수지 아리랑

홍윤표 시집

3부

남북이 하나되면

4월의 꽃잎

삶의 사월은 피도 흘렸지만
강한 태양 떠올랐네
연못 안에 핀 핑크빛 벚꽃이 싱그럽게
먼 하늘깊이 눈부시다

초로의 양 길 곁에 핀 겹벚꽃
새색시처럼 얌전 하지만 때론 부산하지
홀연히 떠나는 겨울 기러기 하늘이 멀게
한적한 대웅전 처마 끝에 울리는 풍경소리
기러기 바람에 초파일 연등 행렬
연꽃으로 심야를 밝힌다

청아한 몸빛 홀로 피어난 그대 얼굴
비록 시궁에 자랐어도 변심 없는 그대
속살 드러내봐도 꽃의 마음은 붉히지 않을
자부심에 불가佛家의 계절 사월초파일은
불자의 이름으로 당신께 합장하네요.

가을의 끝

빈 몸으로 털고 나오면 외롭다 했네

온몸이 홀가분한 나뭇가지 옷입는 계절
오늘도 가벼이 몸을 털며 거리에 흐른다

산이나 정원에 빈 몸으로 서 있을
가을 숲의 풍경, 단풍나무나 오리나무 숲
해발이 높은 산에는 고요하고 묵묵한
낙락장송은 장엄한 기상이지

소나무나 삼나무가 사계절 든든하게 쭉쭉
옷을 입고 있지만 추억의 새김도
서로 달라 낙엽 진 후 소설小雪 한파가 달려와
초겨울 풍경을 뿌려놓았지

영하 날씨는 빈 몸으로 바람을 뿌리를 심는다
소설에 내린 허전한 대지에 하얀 자화상
한 점 정물화로 남기고 싶다.

가을 커피맛

봄보다 가을 커피 맛이 향기롭고 더 사랑이다
가을은 이별이란 말이 적당할까
생각하다가도 산을 올려보면 적합지 않네
가을은 가고 흐르는 것에
잔잔한 숲길 지나며 산울림에 기대 사는 지혜
오늘도 가을은 행복한 오색단풍이다

상록수야 할 말 없지만
활엽수는 몸을 잠시 비우고 탄성을 지르다
어느 엄마의 봄날 찾은 날 또 다른
연두빛 사랑 이야기 나누니
또 성숙할 만큼 나이테가 붉었다

때론 어머니여
누나여 부르고 싶은 계절
갈색빛 단풍든 낙엽을 불러 무늬 놓는
진하게 탄 가을 커피 한 잔 마시며
속 찬 가을 이야기 나누고 싶다.

갑진년 시각

갑진년은 유달리 핸드폰이 무겁게 느껴온다
무엇을 달라는 것도 아닌
무엇을 준다는 것도 아닌
시문학 발전에 기여한 대표 시인들
올해는 더 유달리 고국에서 유명을 달리했으니
슬픔보다는 시인들 상처 크다

해방 후 어지러운 세상 민심을 달래고
나라의 국권은 회복하며 햇살을 밝히시고
건국을 위해 시심을 달래신
민족시인 정공량 박제천 신경림 성춘복 시인님
갑진년 오월의 햇살에 신록이 퍼지는 날에
갑자기 소천이란 소식은 웬 소식이요

존경하는 민족시인 국민시인들

인명재천人命在天 생명을 다하면
영면한다지만 문학사에 길이 남을 대시인의 가신길은
갑진년의 시각이 떨어져 가슴 슬프다

꿈과 목표

자기성찰을 세우고 다듬으며 목표의 길을 열리라
기대하지만 곧을 길을 가려 해도 꾸부러진
길을 가야 할 부족함이 있으니 가다가
실망의 길을 걷게 되리라

땅을 가꾸는 사람
바다를 항해하는 사람
산 정상에 올라 산맥을 타는 사람
갖가지 자기성찰을 향해 오르리라
예술가는 예술가대로 농부는 농부대로 미장공은
미장공대로 신과 법칙 앞에 서서 착오 없이 걸자
상심을 벗고 고뇌하리라

누구든 자신은 확신위해 달리는 사람은 성공하리
노력은 성공의 어머니라니
자신의 꿈을 꾸며 발견하리라
꿈은 꿈대로 희망을 위한 현실의 목표이니
자신을 위해 충실하고 노력해야 하느니

누구나 자신의 꿈에 충만하고 이상으로 노력하니
사랑이 끌려서 감흥이 잡히니
서로를 위해 고난 없이 이끄는 것이다
인간 자기성찰은 자신의 욕구이자
꿈이란 확신을 거두는 일이자
숲을 가꿈은 자선이다

나에게 모국어는

나에게 모국어는 힘이며 나라 자랑이다

아름답고 외로워도
고요하고 괴로워도
웃음보다 슬픔이 커도

나는 모국어에
항상 고맙고 사랑하겠다
평생 ㄱ ㄴ ㄷ 기대 살 것이다.

남북이 하나 되면

대지 위에 펼치던 평화통일 콘서트가 2층
경사로 콘퍼런스 홀에서 콘서트
연주와 공연에 방청석은 마주했다

전부 눈만 보이고 코와 입을 가린 채
모두 주먹으로 인사하는 유행
무대는 엄숙하게 경연과 음악이 열연되었다
출연진은 흥을 보내고 관객은 온몸이 바람이 되고
추임새는 들썩들썩 자욱한 안개였다

그러나 좌석은 미리 거리 두기로 앉았고
마음만 가까이 앉아 있었다
공연은 소나기처럼 두 시간 동안 진행으로
평화통일을 다지는 초석의 공연이었다

들끓고 붐비던 코엑스 앞 거리마다
사람들은 모두 마스크를 쓰고 택시 타는
한산한 늦은 오후였다
남북이 하나 된 공연과 청객이라면
얼마나 뜻있는 공연이었으랴

달 한 그릇에 별 한 송이

깊은 산장에 물들어 마음의 호수에 잠긴
세상을 보니 달빛 한 그릇에 담긴
별 한 송이 담아보았다

깊은 산장에 위안이 된 내 마음은 표류된
세상을 다듬어 별빛 한 그릇를 따보았다

산천을 떠도는 하나의 유물들
눈빛으로 햇빛으로 끌어 모았다
긴긴밤 영그는 칠월의 포도송이 육사의 포도가
총총 익어가니 밤하늘에 놓인 은하수
목마르도록 길게 흘렀다

온 밤 지새고 나면 늘어나는 건
증거인멸이나 도주를 우려해 피의자를 구속하는
사례가 늘어나는 그 부끄러운 세상을 보면
어찌하랴 무서운 세상이 점점 언론에 떠오른다

오늘도 나그네처럼 미로의 아침을 슬며시 떠나는
운명에 살다가 보면 그리도 변하랴
참! 세상이 두려워 아프다.

눈물 흘리는 풀잎

알을 다 털린 은행나무 사이로 눈발 내리는
모습은 꽃이 아니고 그건 시詩였다

흐른 세월 물이랴 바람이랴
향나무 나이테에 향내 맡으며
호숫가에 걸린 빈 배에 마음을 보태니
꺾을 수 없는 태양의 오름
이미 체온을 녹이는 해돋이라 하지

무리 하지마, 네가 걸어온
세월을 탓하는 건 못된 말꾼
청춘을 원망하거나 말하지 말아야지
천지를 흐느끼는 사계절의 사무친 바람
서로를 견디지 못하고 눈물 흘리는 풀잎

그래도 너는 풀꽃이 되지 못하니

마녀시장

볼리비아는 무속을 중시해 온 나라
마녀시장이 대성황이다 시장 골목에 진열된 상품은
거의가 무속제품으로 심지어 향수도 무속의 소품에
다양하고 호화롭게 상품진열 시민들은 어리둥절 해

거리마다 무속품이 난장을 이르는 나라 볼리비아
중남미에서 가장 가난한 나라였지만
사랑과 평화는 우선이고 도심에 케이블카는
통근용 교통수단이라 놀랍다네

초호화판 색깔의 도시로 여성 프로레스링도
가부장적 의식으로 여성들에게 힘을 주고자
갈래머리를 땋은 여성들로 본 국민이 참여해
여성 프로레슬링을 키운 이름난 전통도시라네

삵

삵*은 먹이를 사양하지 않았다

삵은 고양이 닮은 야생동물이 아니라고 묻지 않으리

닥치는 대로 포획하는 사냥의 멋은
민물 냇가에서 사는 붕어 개구리 쥐 꿩과 닭은 물론
닥치는 대로 사냥하는 버릇에 한 점도 사양하지 않네

양지 볕에 헤엄치는 개구리를 낼름 잡는다
꽃뱀이나 유혈목 뱀은 돌돌돌 돌리는
놀잇감이지만 척삭동물로 한번 물면
놓치지 않는 독한 이빨에 메마른 습성이 있지

모든 야생동물들이 그렇듯이
삵은 고양이 닮아 착각으로 살지만
그래도 보호해야 할 야생동물이라고
생존을 위해 발버둥 치는 쥐나 꿩을 보면
삵의 삶은 사냥이 전부였다

* 고양이과의 포유류로 산림지 계곡에서 야생으로 살고 있는 동물

여름, 장마에 젖다

한주가 빠르게 달려왔다는 올여름 무더운 날씨
장마도 빠르니 멍멍하다
봄 밭에서 부지런히 자란 양파 감자
뒤이어 고구마 순이 양발을 내민다
순순하게

장마는 사나워 온몸을 적시니
공주에 밤산이 밤꽃으로 차광막을 치고
밤꽃 향기에 벌떼가 바쁘랴
한주 빠르게 다가온 올 장마에 소나기
산을 쓸어내리고 하천이 범람하는 수채화
기자가 바쁘고 안전요원들이 바쁘다

굵은 빗줄기 온몸이 젖는 날
기후변화 폭우 계절
또 개미 태풍이 밀려온다니 멍하다

일자리 전환

고정된 일터에서 정년 후 집에 있으니
드디어 내 일자리가 전환했다
먹고 사는 건 서로의 나눔이지만
아내가 어렵게 가꾸어온 일터에서
돌보미는 물론 서투른 일을 주방에서
한가지씩 익혀 아내 일을 돌보다 보니
주업이 바로 내게 안겼다
요즘 방송에서 내주는 화면을 보면
삼식이를 면하는 조리방법이 우선이더라

밥한다는 것 주식을 만든다는 것
된밥 질은 밥 가늠하기 어려웠지만
몇 번 번복하다 보니 달인이다
달인은 아무나 이름 짓는 게 아니지
사는 날까지 먹고 살 주업
아내가 하던 일을 덜어 줄 뿐이다
밥지기로 섰네

외로운 남자

땅 꺼짐 없는 겨울 눈 속을 마냥
홀로 걷고 있는 남자
진정 외로운 사내가 아닐까
나무고개 구비구비 돌아가던 길
외둘러 살펴서 홀로 걷는 남자
진정 그대는 외로운 사내일까

버드나무 꽃 문을 길게 열고 신들린 호숫가를 걷는
남자, 그대는 외로운 사내일까. 수시로 오줌발 굵게
오줌을 누는 그대는 누구 붉은 향연 빛 창연한 노을의
남새밭에 서서 그리움을 달래는 남자
당신은 정말 외로운 사내인가.

오늘도 무한히 끝없는 길을 걷는다
세월에 지쳐 산자락에 엎드린 그림자
삶의 껍질을 벗기며 홀로 걷는 남자 외로운 사내
당신은 정말로 외로운 사내였나

폭염과 물

물이 많이 요구되는 계절은 유월이라
물을 가까이 찾게 된다
갑진년 유월 초순 벌써 수은주가 39.9°를 찍어
특집뉴스가 진행된다
얼마나 기자가 더우면 우산 쓰고 나와
달성공원에서 마이크를 들었으랴

점점 기후 온난화로 무더위가 가까워 온
세기라 때 이른 불볕 더위라
기승부리는 유월 한반도가 연일 고기압
영향권이고 고삐 풀린 계절이라 주장하니
잡으라 지구를 살려야 함은 과제다

비가 내려야 폭염을 조절할 수 있다는
이론에 때로는 소나기가 일상이다
맘 놓지만 변화일기다
군포시에선 폭염을 식히는 물방울 축제위해
물 탑을 쌓았다고 폭염을 끌어내는 기력는
인간의 과제요 힘이다
날로 커지는 지진이요 활화산이요 해일이요

세계 곳곳에서 솟는 지구변화의 요소로
요즘 바닷물이 싱거워졌단다

지구 안에 인간들 안전제일로 환경을
최고의 가치로 지키는 의무는 너와 나의 일
그건 사랑이 아니다, 이런 계절에는……

카라향 맛

당도糖度가 유난히 높고 꽃 귤이라는
만감류인 귤마씸 모처럼 듣는 이름이다
카라만다린과 길포폰칸이 사랑해서 태어난
남진해 또는 귤로향이라네
고유한 입감 있고 향이 있어
세계 시장으로 비행기 탑승하고 이륙해
공급로를 연다데

서귀포 올레시장에서 귤마씸이라 "귤 글쎄요"로
시장을 여는 맛 감나는 카라향
껍질은 거칠지만 맛은 최고라는 카라향

오래 생산되길 원하는 명품 귤 카라향
제주도 서귀포 텃밭에 주요 특산물
성산일출봉에 햇살이 좋은지
칼슘이 듬뿍한 과일 카라향
아들 덕분에 맛보았지

4부

남산을 오르면

강과 바다

세상엔 강이 없다면
너에겐 넓은 바다도 없다

수년의 여린 침묵을 향해
도道와 예禮를 가꾸며 걸어가는
아름다운 세상에 강과 바다

사랑과 행복은
자유롭게 흘러야 꽃이 피나니
지구상 강이 없다면 바다도 없어라

사랑을 서로 주고받으며 사는 세상
강물과 바다는
늘 흐르고 흐르는 삶에 혈관이여

거목의 아우성

고요가 잠든 심산계곡은 언제든지
어머니 품 안이다
고요함과 아늑함 그리고 사랑함
어떤 방향이든 울창하게 어울리는
세월의 나무들
나이테가 굵어지며 질문을 던진다

대웅전 앞 사천왕처럼 사나운 입상
누가 말한들
나무는 산의 기둥이요 나라의 재산
벌거숭이산에서 좌선하는 거목巨木들
가족같이 행복한 산수화다

거목들이 울창하게 산에 사니까

그대 떠난 뒤

그대 떠나고 난 뒤
산새가 울창하게 지저귑니다

그대 떠나고 난 뒤
철새도 겨울 바람길 타고 오릅니다

그대 떠나고 난 뒤
바닷새도 파도 타고 출렁입니다

그대 떠나고 난 뒤
산새도
철새도
바닷새도 날개여 날개여 펼쳐라
세계 속 여행을 떠납니다.

거울은 마음

어지럽게 금간 거울을 본다
금간 거울 위로는 수많은 사람들이
마음과 얼굴을 한 줌씩 흡수했다

너와 내가 담긴 맑은 거울
철부지처럼 들어서던 지하도에
無 慾 卽이 강한 내면의 얼굴을 찍었다

거울은 마음의 빛이라 했거늘
불경에서 터득했던 영면 거울을 보며
진실의 바퀴에 판 박힌 삶을 칭찬하니
거울이 지나온 전통의식을 알겠다

겨울을 연주하는 밤

깊은 겨울밤 속에서 겨울 사랑이 피어나네
아름다운 음율 속에 베네치아의 풍경이 타오를 때
겨울을 연주하는 피아노 질타 속에
고구마처럼 익어 따뜻한 순례자를 찾네
무리함도 버리고 순수로 태어난 The 콘서트
온기로 가득한 무대 속은 짙푸른 영하 속에서도
골목길 달동네를 달구는 연탄처럼 따스하네
어둠 속에 밀려오는 그리운 겨울의 기별 속에
달무리 뜨는 콘서트는 청주처럼 취기가 오르니
맑은 호수처럼 음악이 흐르면 좋겠네
그린 색 탁자 위에는 풀꽃 시집이 있고
겨울 책이 있고 겨울 장미가 놓인 탁자 위에
베토벤 교향곡 음악이 구르고 있네
밤은 고요함이 전부이지 공원 없는 수요일 밤
The 콘서트는 강물이 되어 흐르네
송사리처럼 팔딱팔딱 튀는 피아노 건반 위에 손가락
겨울밤은 황토 고구마처럼 구수하네
겨울 사랑이 깊어 밤 터널을 별빛을 주어 담네
난 따스한 겨울사랑이 좋아서

다시 따스한 겨울 음악에 취해서 뿔을 다듬고 있네
차이코프스키 4번 교향곡 환희를 들으며

나이테

가지마다 새들의 말이 걸린 나무가 베어졌다
해마다 허공을 잡아당겨 면적을 넓힌
천둥과 우레도 비껴가던 품이었다

가만히 귀 기울이면 환상통을 앓는 소리가 들린다
사슴벌레에게 젖을 물리던 굴참나무
말라버려 옹이가 된 젖꼭지에선 묵은지가 풍긴다

인간의 발길이 닿자 숲은 여기저기 간벌 된
몸이 파문으로 남았다
바람이 연신 그들의 말을 사방으로 옮겨보지만
세상 저쪽의 말을 몸통에 간직한 나무는
누워서도 굳게 입을 다물었다

나무의 발밑이 궁금하던 눈초리에서
햇살이 재빠르게 허공을 바닥에 드러눕히니
중심을 잃고 쓰러지며 쏟아지는 나이테에 미처
간직하지 못한 말의 뿌리를 다급하게 거둬들였다

한 해 한 해 파문으로 생긴 나이테였다

비밀을 물어오던 주둥이가 간사스런
참새들이 떠나자, 오래 한자리를 지키던 나무는
이제 수십 개의 동그라미로 남은 나이테

맥박이 흐리자 제 속을 보여주는 과묵함에
또 다른 나이테는 다시 침묵으로 접히고 있다

남산을 오르면

무심으로 오르던 집 앞에 둥지 튼 남산
전국에 이름이 많아 혼선이 가득하단다
어느 날 우연히 테레비를 보다
남산으로 반등 된 갈등을 분석하고 있었다

이유는 애국가의 작사가가 윤치호냐 안익태냐다
"남산 위에 저 소나무 철갑을 두른 듯"
매우 끈기 있고 메마른 돌산이나 바위틈에서도
굳굳히 자라는 저 소나무
작사가의 고향을 찾아 남산이 있느냐 묻는 PD
남한에 소나무가 얼마나 서식하고 있어
애국가에 남산 위에 저 소나무라 했겠는가
한 연구가는 두 작사자의 고향을 찾아
연구했지만 남산은 없다는 것

작사가가 양분된 대국적 위치에서 보면
서울타워가 우뚝 세워진 서울 중앙에
남산이라는 견해로 풀한 해당 부처도
정답없이 말 못 할 추측 설이다 과연 남산은
어느 남산인지?

내 집 앞 남산을 오르며 궁금해 고개를 갸우뚱
아마! 서울 남산이 맞을 거야
애국가 가사중 "남산 위에 저 소나무"가 …

100만분의 1 기적

백만분의 1 기적이 태어났다! 이 세상에
생명은 얼마나 소중할까
첫 출산에 네 쌍둥이 탄생부부
1남 3녀의 쌍둥이!
경기도 과천 얘기가 아니라
세상 이야기고 세상의 불꽃이다

젊은 부부의 출산 이야기
건강하게 신문이나 방송을 탄다
참 자랑스런 부부다

인구가 줄어드는
결혼 부부가 줄어드는 세상
저출산에 인구가 줄어 신경 쓰는 세상
예쁘고 건강하게 자라서
출산 때 얘기를 전해주면 좋겠다

한국의 기적 이야기를······

당진의 봄 길

해마다 당진은
봄 마당에 이르면 봄으로 물든
당진을 보라 자랑이다

무지개 빛도 아니고 개기월식도 아닌데
봄을 보라 언론은 문을 연다
당진천 순성 벚꽃길 면천향교 골정지
삽교호 관광길 기지시국수봉 면천아미산
읍내동 남산공원 순성 화천저수지
정미 은봉산이 자랑스럽다

맑은 봄빛 달빛 아래 흐느끼는 벚꽃의 향연은
면천읍성을 지나 골정지 가로변 벚꽃의 밤
조명은 장관이고 여의도동 윤중로다

부근 노송의 휘어진 소나무 옷깃을 살린
고풍스런 멋은 장관이라
가끔은 두루미가 여유롭게 앉아 날개짓은
더 값진 골정지 풍경이며 갤러리다

봄의 향수

자유로 흐르던 냇물이 하수로 흘러나와
외항선 오가는 포구까지 목을 조였다

흙내음 마시며 짙은 봄철 냉이 캐던
파란 향수의 입맛
이정표는 없이 어떻게 봄맛을 보랴

잃은 자의 가슴은 늘 허전하고
외롭고 후회 한 조각에 육신을 타이르지만
새벽을 벗어나는 불타는 일출은
언제나 흐르는 물살을 찾고 있었다

봄날 향수鄕愁가 분출되는 흐름에……

성공의 다리

노력 없는 성공은 없다

금전적인 성공
직장에서 직위의 성공
훈련을 통한 운동선수의 성공
다양한 직능의 노력에 성공의 깃발을
올릴 수 있자

성공은 정상에 오르기까지
피와 땀을 흘려 진을 빼는 혼魂이라
정상에 올라 목표를 다하면 기쁨은 솟으리

성공은 인간만이 느끼는 만족의 열쇠
그 열쇠는 성공의 교차로이자
서해대교西海大橋다.

아침에 피는 꽃

아침에 피는 꽃은 어떤 꽃이 있으랴
생각하니 온몸에 비가 내린다

저녁에 피는 꽃은 노란 달맞이꽃
분홍빨강 분꽃이 산처럼 생각나는데
아침에 피는 꽃은 온몸에 비가 내린다

그러나 무더운 여름 생각하니
줄타기 보라빛 나팔꽃이 있었네

난쟁이 채송화가 문 턱에서 반겼다
노랑 빨강 분홍 앉은뱅이 꽃
채송화가 반갑게 미소졌다

억새꽃 보듯 하늘을 본다

불심佛心 깊은 사찰 일주문 앞에 서서
합장하는 날은 마음이 가볍더라

계곡흐르듯 강물 흐르듯
때론 갈대잎이나 억새꽃을보면
부러운 눈치를 받듯

세월 앞에는 잡초만 무성해
뽑아도 뽑아도 그대로니 지겹다

삶은 반복되는 연출이라
별난 사고는 치지 말고 살아야지
후회가 때론 금물
올바로 사람구실하고 살려면
허물 벗으며 참새처럼 약게 사는거지

연못의 주인

때론 집을 떠나는 아침이면 연꽃은 겸손했다
밤이슬 초록초록 맞으며 얼굴을 씻던
연꽃 잎새 보름달 빛에 손을 모으고
미루나무 숲을 걸었다

풀벌레 울음도 밤을 재우며
한들한들 맵시 고운
코스모스 꽃이 산들바람을 맞자
길잃은 어둠은 붉어지는 홍옥 사과에
입맛을 익힌다

기죽은 모습으로 열린 홍옥 가지마다
각혈하는 성과라면
갯바람은 마지막 연가처럼 붉게 들렸다

가슴을 비우고 집 떠나는 아침이면
마음 빛은 속살이 잘 익은 수박처럼
해묵은 연못에 겸손의 빛이 담긴 겸손한 사랑
혼자서 손을 내미는 신성한 연꽃 연꽃이 반갑다.

우울한 봄날

넉 달 동안 묶였던 몸이 풀렸나 보다
봄날이 와 만산에 풀꽃이 피겠지만
우울한 봄날 맥 풀리니
겹벚꽃도 화려하고
모란꽃은 더 화려하고 싱그럽다

애초부터 꽃은 화려하지만
봐주는 이 없으니 더 초라하게 보였어

그동안 당신도 우울했었지
코로나19로
화사한 철쭉꽃 공원에 나가 가슴을 풀고
마음을 열어보면 어때요

해외 뉴스를 보며

잡풀이 무성히 난 땅 줄기라도
흙 한 줌 비료 한 줌 뿌려
강산을 가꾸면 아름다워지리라

팡팡팡 대포탄이 쏟아지는 이스라엘 땅에
차라리 축포라면 얼마나 좋으랴
유전 고지에 엉겨 붙은 땅속에 원유
유전 사나운 화염이 아니고는
아니 어찌 지상의 투쟁이라
원유를 싣고 지중해를 지나는 고난의 해적들
원유선은 멘스가 한창이다

아버지 어머니 어지러운 세상
전쟁의 나라 이란과 이스라엘 어찌하리
오늘날 전쟁이 터진 나라 여러나라 아니랴
러시아와 우크라이나 간에 휴전 없는
전쟁으로 방송국이 파괴된. 어제

전쟁은 넌더리 나는 세상 6. 25 생각만 하면
피난에 질리던 역사의 마침표다

어머니와 할머니는 생전에 행길에 깔린
아스콘이 하얗다는 말씀은 진저리를 치셨다

잃은 자의 모습

농사를 외면하고 떠났던
신사들이 돌아와 양말을 벗는다
벗은 양말은 아디다스 스포츠 양말
아직은 흠이 없어 갸웃대지만
상긋한 커피 한잔 생각에 눈이 부시다

타브 향수가 흠뻑 밴
넥타이가 생맥주에 몸을 적시니
주름 잡힌 양복은 서울이 그립다니
한강물에 세탁을 바랬다
소달구지 몰던 농로에 퇴색된 포장길이 늘자
노폭이 좁다 휘파람 속에 삿대질이다

황톳길에 공회전하던 경운기가 맨발로 달린다
밤무대가 그립단 말인가
밤무대가 가까운 테헤란로가 그립다며 달린다

잃은 자는 산꼭대기에 심은
철탑을 줄줄이 올려보며 한숨만 쉰다
산은 철탑 속에 산울림이다

<시 해설>

이 시대 진정한 문학인의
길을 위하여

김명수(시인, 효학박사, 충남문인협회장)

<시 해설>

이 시대 진정한 문학인의 길을 위하여

김명수(시인, 효학박사, 충남문인협회장)

1. 구원의 문학 시인의 길을 가다

이 시대 진정한 문학인이란 무엇인가를 생각해 본다. 새로운
시대를 열어 가면서 문학은 인간에게 구원이라는 손을 내민다.
시는 구원이라는 명제 아래 인간의 희로애락을 문화적 수단으로
충족시켜 준다. 이를 글을 써서 앞장서 실천하는 사람이 문학인
이다. 이런 문학인의 중심에 홍윤표 시인이 있다. 홍 시인은 참 부
지런하고 누구보다 열심히 시를 쓰는 사람이다. 그가 지금까지
24권의 시집과 4권의 시조집을 낸 충남의 중견 시인이다. 그동안
열심히 살아오면서 28권의 시집을 상재했으니 그가 얼마나 열심
히 시를 써 왔는지를 알 수 있다. 물론 그 모두가 좋은 작품이면
더 할 수 없이 좋겠지만 언젠가는 참 좋은 작품들이 함께 할 것이
라는 기대와 희망 때문에 시인들은 오늘도 열심히 글을 쓴다.

홍 시인은 나의 고향이기도 한 당진에서 일찍 시문학의 길로 들
어서서 많은 작품들을 발표하였다. 작품을 발표할 수 있으면 불

원천리 뛰어다녔고 누구보다 열심히 글을 쓰고 문학활동을 했다. 홍 시인의 문학에 대한 자세는 누구보다도 진지하고 자부심 또한 강하다고 볼 수 있다. 그는 문학외적인 일에 대해서는 잘 모른다. 오로지 평생을 문학에 매달리고 좋은 글을 쓰려고 노력한 시인이다. 그리고 누구보다 당진을 사랑하고 아끼기에 고향을 지키면서 후배들과 함께 좋은 시를 쓰기 위해 오늘도 노력하고 있는지도 모른다. 이런 홍 시인의 노력으로 올해는 충청남도 문예진흥기금을 받아 이번 시집을 준비하게 된 것이다. 홍 시인의 이번 시집 발간을 다 같이 축하하면서 그의 시세계로 함께 떠나보는 것도 의미 있는 일이라고 생각한다.

시는 어떤 의미에서 구원의 문학이라고도 말한다. 인류를 구원하기 위해선 그 시속에 지혜로움, 이성, 지성, 의지 등이 함께 수반되어야 한다. 21세기는 시에 있어서 새로운 지평을 열어야 한다고 말한다. 따라서 홍 시인은 시의 본질로 돌아가 구원을 위한 시의 세계를 꾸준히 추구하고 노력할 것이라고 본다. 이번에 상재 한 벌수지 아리랑 역시 그런 차원에서 시를 써 왔다고도 볼 수 있다.

이는 시를 보는 인간적 태도가 역시 사람 사는 곳 활동하는 곳에 중점을 두기 때문이기도 하다. 홍 시인의 시에 대한 진지함은 내용과 태도면에서 비슷하다고 볼 수 있다. 그는 시를 보고 느끼는 것이라든지 생각하는 것 모두 시에 대한 자기 주관이기 때문에 어느 한쪽으로만 기울어지기보다는 느끼고 생각하는 것이 비슷하다고 여겨지는 것이다. 그가 느낌 위주의 낭만적 태도냐 아니면 생각위주의 고전적 태도냐는 읽는 이에 따라 다르겠지만 분명한 것은 그 두 가지를 다 놓지 않으려고 하는 것이 홍 시인의 태도라고 볼 수 있다. 물론 대상이나 작품을 보고 주관적으로 느끼는 것이나 주지적으로 생각하느냐의 문제는 시인뿐만이 아니라 정치가나 학자나 남녀노소도 비슷하다고 볼 수 있다. 다만 시인이 여기서 조금 다른 것을 같은 것을 가지고 느끼거나 생각하더라도 일반인들 보다는 더 깊게, 더 넓게 더 크게 높게 생각할 필요가 있다는 것이다. 그런 의미에서 홍 시인의 사물에 대한 관조능력은 그의 시에서 보듯 그 양면성을 모두 포함하고 있기에 우리가 좀 더 주목하고 싶은 것이다. 우리가 현대적 시인 중 김영랑 정지용, 조지훈 같은 시인에서 발견하는 것처럼 의식적으로 무의식적으로 서정성에 가깝게 서 있기 때문에 형태에 대하여 생각하는 태도를 볼 수 있듯이 홍 시인에게도 여기 있는 시들 중 느끼거나 생각하는 것들이 비슷할 것이라는데 동의했으면 한다. 따라서 그런 맥락에서 홍 시인의 작품세계로 같이 가 보고자 한다.

동해 대진항에 바닷고기가 누워있을 때는
고성에 문어와 도치가 매력 있다고 맨손을 잡았다
수산시장 가관장에 가면 번들거리는 밍크고래
새끼가 잡혔다고 어부들의 대잔치였다

한 해에 한 번 잡힐까 말까 한다는
바다를 헤집어 봐도 없다는 밍크고래를 잡느라
실랑이를 버리고 고생했다는 포구의 어부들
어깨에 힘주며 으시댄다

묵묵히 저항하는 날카로운 항구와 바달 지키는
대진등탑은 열 층짜리 아파트다

등대에 올라 북쪽을 바라보면
분단의 아픔이 경직된 항구의 약속하다

오고 갈 수 없다는 국제적 약속
언제까지나 경계 삼아 살아가리까
대진항 바다 물소리는 변할 리 없어
어업인의 도마 위 칼질은 계속 날카롭게 빛났다

먼 동트는 겨울 새벽을 산란처럼 깨고 나와
놋쇠난로 속에서 불타는 잉걸불의 침묵과 인연
몸을 달구다 물질하러 떠나는 해녀들
힘찬 여운에 문어잡이가 동해엔 대세다
늘 뜨거운 겨울바다 출항은 즐겁다.

-「뜨거운 겨울바다」 전문

　　동해 대진항에서부터 얘기가 시작되는 이 시는 사람 사는 냄새
가 진동한다. '새끼가 잡혔다고 어부들이 대잔치였다' 밍크고래
새끼 때문에 어부들이 잔치를 벌인다. 이는 두 가지 의미를 지닌
다. 하나는 값을 매기기가 어려울 정도로 희귀한 밍크고래가 잡
혔으니 다 같이 축하하는 의미에서 함께 모여 잔치를 벌이는 것
또 하나는 값이 많이 나가는 밍크고래가 잡혔으니 축하하고 잔치
를 벌일 일이다. 여기 사람들은 바다와 같이 일어나고 바다와 같
이 생활한다. '몸을 달구다 물질하러 떠나는 해녀들/힘찬 여운에
문어잡이가 동해엔 대세다/늘 뜨거운 겨울 바다 출항은 즐겁다'
에서 보듯 여기 사람들은 무어도 잡아야 하고 해녀들도 있다. 파
도가 출렁이는 겨울 바다이지만 일하는 사람들의 열기로 바다가

뜨겁다. 이렇게 시 속에서 사람이 추구하고자 하는 의지를 나타
낸다. 단순히 먹고사는 문제만이 아닌 이런 걸 해냈다, '어깨에 힘
주며 으시댄다'에서 보듯 그들은 일에 대한 성취감도 대단하다.
육체적 일을 하는 사람들에겐 그 런 성취감이 일에 대한 보람을
느끼게도 한다. 시인의 표현을 빌리면 '그들의 일에 대한 성과를
빛난다'라고 정의하고 있기 때문이다.

　홍 시인의 대진항 관찰은 어부들의 출항과 만선의 기쁨도 이지
만 분단된 민족의 아픔도 빼놓을 수 없는 과제다. '등대에 올라 북
쪽을 바라보면 /분단의 아픔이 경직된 항구의 약속하다' 이는 지
척이 천리라고 바로 몇 발짝 건너 함께 우리 땅이거늘 분단된 민
족으로서 아픔을 함께 나누고 지켜야 할 상황이 그의 마음을 아
프게 붙잡는다. 여기서 바로 의식의 느낌과 생각하기가 비교된
다. 이를 어느 한쪽의 무게가 무겁다고 하기엔 애매한 것이다. 분
단에 대한 아픔을 생각하는 것이나 동족 간의 비극적 상황에 대
한 아픔을 느끼는 것이 어느 한쪽에 기울어 있다고 말하기 어렵
기 때문이다.

　　　　시인의 마을에 소나기가 내리면 홍수보다
　　　　차분한 마음의 비바람 시詩를 쓰겠지

　　　　처마 끝에 떨어지는 낙숫물 소리
　　　　리듬을 키우는 시를 쓰겠다

　　　　시인의 마을에 비가 내리면
　　　　우산이 쓰고 모국어 살려 시를 쓰면
　　　　시인의 마을에는 비에 젖은 시를 읊으며

강줄기 따라 눈물을 닦으며
물안개 피던 남산을 바라보겠지

물이 오르면 달팽이 처럼 외길 찾아
태양을 맞이할 정동진역은 아닐지라도
우기雨氣를 기다리는 시집詩集를 엮겠다

-「시인의 마을」 전문

이 시는 저자가 시인이기에 소나기만 내려도 한 편의 시를 쓰고
자 한다. 시인에게는 호박밭에 내리는 빗소리, 처마 끝에 낙숫물
소리 그 모든 것들이 시의 소재요 음식으로 치면 시의 꺼리다. 비
가 내리기에 '비에 젖은 시를 읊으며' 비가 내리기에 시를 생각하
며 걷는다. 빗소리는 시의 꺼리고, 재료다. 시인에게는 무척 감성
적인 언어들이고 감정적인 낱말들이다. 그리고 시인은 말한다. '
물이 오르면 달팽이처럼 외길 찾아/태양을 맞이할 정동진역은 아
닐지라도 /우기雨氣를 기다리는 시집을 엮겠다' 시인은 여기서 외
로운 길에 서 있을지라도 빨리 좋은 시들을 많이 써서 또 한 권의
시집을 내겠다고 다짐을 한다. 시인은 비가 오는 날을 비롯해서
안개, 눈, 눈보라, 가랑비 등 자연 속에서 얻어지는 다른 모든 것
들에 대해서도 시를 쓸 수 있는 계기를 마련한다. 그들로부터 영
감을 얻고 그들로부터 또 다른 시의 세계를 찾아본다.

홍 시인에게는 아주 서정성이 짙게 묻어 나오는 촉촉한 시이
다. '처마 끝에 떨어지는 낙숫물 소리/ 리듬을 키우는 시를 쓰겠
다' 시인이라면 빗소리, 낙숫물 소리를 가지고 한 편의 시를 써 보
지 않을 사람이 어디 있을까. 일찍이 박용래 시인이 호박잎에 쌓
이는 빗소리를 가지고 산문을 서서 많은 사람의 관심을 갖게 한

바가 있었다. 호박잎에 쌓이는 빗소리 이것은 산문이라기보다는
시에 가까운데 박용래는 산문에 접목해서 당시 현대시학에 오래
연재한 일이 있었다. 같은 빗소리를 들으면서도 호박잎, 양철지
붕 연꽃과 풀잎에 쏟아지는 소리에 따라 한 편의 산문이나 시가
만들어졌으니, 시인의 촉감, 관조 능력, 앞에서 말한 느끼기, 생각
하기에 따라 좋은 글이 만들어질 것이다.

어느덧 스므 해 오른쪽 무릎이 시끈시끈
고희를 넘으니
이젠 절룩거리는 그림이 그려졌다

날 보는 친구마다 무릎 수술을 하셔야 겠어요
질문 아닌 답이다

그래 이젠 해야지 날자를 잡아 막내가 청담동 소재
엄마의 봄날에 예약했다고 전화가 왔다
겨울은 농촌어른들이 수술받고
주인은 제비가 날아오는 3월이다

오른쪽 무릎을 검사받고 인공관절 수술을 받고
입원중 바라보는 한가한 청담동
한강이 유유히 흐르는 위로 영동대교
대교는 수많은 차량을 등에 지어 날랐다

퇴원 후 물리치료를 받으며
기우뚱 기우뚱 왼쪽이 시원치 않다

사람이나 동물은 균형을 맞춰 살아가는 생체
다음 해 다시 찾은 엄마의 봄날

양발로 똑똑히 잘 걷는 모습을 보는
사람마다 위로하고 인사를 주는 나날들
이제 양쪽 발을 얻었다
키도 컸다며……

-「엄마의 봄날」 전문

이 시는 시인이 무릎이 아파 엄마의 봄날이란 병원에서 수술하고 치료한 이야기이다. 사람의 손발을 비롯한 내장 뼈 기타 모든 것들이 쓰면 닳고 잘못 사용하면 부작용이 생기고 오물이 들어가면 어떤 부분이 상하게 되고 그런 걸 치료하고 원위치시키기 위해 수수하고 약을 먹고 물리치료하고 의사의 지시에 따라 관리하고 조심한다. 한마디로 평생 사용했으니 어느 부분은 틀림없이 고장이 나서 바꾸고 치료하고 다시 잘 관리해야만 한다. 인간은 생로병사 한다. 튼튼하고 씩씩한 팔다리를 주었는데 6, 70년을 쓰고 나니 어느 날부터 어느 곳에서부터 아프기 시작한다. 홍 시인은 바로 무릎에 이상이 오기 시작한 거다. 그래도 한국인의 특징은 오래 참고 견디는 것이었기에 홍 시인도 많이 참아 왔다. 이제는 더 이상 기우뚱거리는 걸음걸이가 싫다. 그래서 수술을 받았다. 그리고 한강이 보이는 그 병실에서 지나온 인생의 면면을 뒤돌아본다. 사람들은 나의 아픈 것과는 상관없이 그들의 일상생활은 변한 것이 없다. 여전히 불빛이 환하고 다리 위엔 차량이 많이 다니고 강물은 변함없이 유유히 흐른다. 시인은 물리치료를 받으며 정상으로 돌아가기 위해 안간힘을 쓴다. 덕분에 시인을 만나는 사람마다 위로를 하고 위로를 받는다. 홍 시인은 지나온 삶의 순간순간 있었던 일에서 여전히 한 편의 시를 얻는다. 그래서 홍 시인은 하루가 한시가 아깝고 소중하다 그 시간은 바로 내가 변함없이 시를 써 가야 하는 시간이기 때문이다. 이제 다리 무릎 수술도 잘 되었으니 좀 더 좋은 시를 쓸 일들만 남은 거다.

홍 시인이 엄마의 봄날을 통해 세상에 말하고자 하는 것은 자신감의 회복이다. 사람이 아프면 한없이 약해진다. 왜소해지고 의욕을 잃고 슬프고 모든 게 귀찮고 힘들다. 그런데 그때 그것으로부터 탈출할 수 있는 유일한 방법은 건강을 회복하는 일이다. 홍 시인은 엄마의 봄날을 통해 건강을 찾고 자신감을 회복한 것이다. '이제 양쪽 발을 얻었다/키도 컸다며……' 하고 말하는 속에 자신감이 엿보인다. 이제 나도 밖으로 나가면 기우뚱거리지 않을 수 있고 마음대로 걸을 수 있고 마음대로 날 수도 있다. 지금까지 다리가 아파, 하지 못했던 일을 해낼 수 있다는 자신감과 주변 사람들이 측은지심으로 바라봤던 상황에서 벗어날 수 있으니 기쁘지 않을 수 없다, 인생은 바로 이런 전환점이 필요한 것이다.

2. 서정적 세계에 시심을 묻고 세상을 보다

홍 시인의 시 세계는 서정성이 짙다, 생활 속의 이야기들도 많이 있지만 시인의 마을이나 눈물 흘리는 풀잎 등은 서정성이 짙어 그의 시 세계를 들여다보는데 따뜻하다. 그는 시적 표현이 서정의 본령에 충실하려고 애쓰면서 서정의 기본 목적에 부합하려고도 노력한다. 그는 서정성이 갖는 기본적 미학과 현실 의식 속에서도 긴장을 놓지 않으려고 애쓴다. 이번 작품 눈물 흘리는 풀

잎도 같은 맥락에서 바라보면 고향의 언덕에 난 작은 풀잎에서 눈
물을 연상시키는 기발함도 바로 그것이다.

> 다 털린 은행나무 사이로
>
> 눈발이 내리는 데
>
> 꽃이 아니고 그건 시詩였다
>
> 흐른 세월 물이랴 바람이랴
>
> 향나무 나이테에 향내 맡으며
>
> 호숫가에 걸린 빈 배에 마음을 보탠다
>
> 꺾을 수 없는 태양의 오름
>
> 이미 체온을 녹이는 해돋이라 하지
>
> 무리하지마라 네가 걸어온
>
> 세월을 탓하는 건 잘못된 말꾼
>
> 청춘을 원망하거나 말하지 말아야지
>
> 천지에 흐느끼는
>
> 사계절의 바람을 견디지 못하고
>
> 눈물 흘리는 풀잎
>
> 너는 이름난 풀꽃이 되지 못해……
>
> 　　　　　　　-「눈물 흘리는 풀잎」 전문

　눈물 흘리는 풀잎을 읽고 있으면 한 해를 보내며 마음을 정리하
는 느낌을 받는다.

　앙상한 은행나무에 눈이 내린다. 봄부터 싹을 틔우고 파란 잎
이 노오란 잎으로 변하고 어느새 은행들도 익고 떨어져 누군가 주
워간 빈 은행나무 가지에 눈발이 내린다. 그 모습이 가히 너무 아
름다워 홍 시인은 그 정경이 한 폭의 동양화, 아니 한 편의 시라고

했다. 나무에 생긴 나이테만큼 보이지는 않지만, 사연이 있고 이유가 있고 존재의 가치가 있다. 시인은 바로 이 보이지 않는 부분까지 꿰뚫어 보고자 했다. '무리하지마라, 네가 걸어온/세월을 탓하는 건 잘못된 말꾼' 여기서처럼 우린 우리가 나이 든 것에 후회하지 않는다. 그래서 세월을 탓하는 건 잘못된 말꾼'이라 했다. 나이 든 것은 내가 나이를 먹은 거지 누가 억지로 나에게만 나이를 먹게 한 것이 아니다. 때문에, 우린 운명에 순종하고 모든 것에 순리를 다라야 한다는 의미가 내포되어 있다. '사계절의 바람을 견디지 못하고/눈물을 흘리는 풀잎' 풀잎처럼 연약한 것은 없다. 그러기에 봄 여름 가을 겨울 어떤 바람에도 흔들린다. 그러나 쉽게 쓰러지거나 쉽게 죽지 않는다. 풀잎은 아프다. 나름대로 씩씩하게 잘 자라고 잘 견디고 잘 살아간다고 생각했는데 나에게 몰아닥친 세파가 너무 크고 너무 아프고 너무 힘이 세서 풀잎은 아픈 것이다. 그래서 눈물을 흘린다. 그러나 흔들릴 뿐 대견하게도 잘 버틴다. 그게 풀잎의 매력이기 때문이다. 홍 시인도 '풀잎 같은 존재이지만 그 풀잎처럼 잘 버틴다. 쉽게 쓰러지거나 좌절하지 않는다. 아프지만 나는 나의 길을 꾸준히 걸을 것이다'라고 다짐하는 듯하다.

 '사계절의 바람을 견디지 못하고/눈물 흘리는 풀잎'에서 보듯 연약한 생명의 몸짓에 눈물 흘리는 모습에서 근원적 생명의 소중함에 연민의 정을 느끼게 해준다고나 할까.

봄보다 가을 커피 맛이 향기롭고 더 사랑이다
가을은 이별이란 말이 적당할까
생각하다가도 산을 올려보면 적합지 않네
가을은 가고 흐르는 것에

잔잔한 숲길 지나며 산울림에 기대 사는 지혜
오늘도 가을은 행복한 오색단풍이다

상록수야 할 말 없지만
활엽수는 몸을 잠시 비우고 탄성을 지르다
어느 엄마의 봄날 찾은 날 또 다른
연두빛 사랑 이야기 나누니
또 성숙할 만큼 나이테가 붉었다

때론 어머니여
누나여 부르고 싶은 계절
갈색빛 단풍든 낙엽을 불러 무늬 놓는
진하게 탄 가을 커피 한 잔 마시며
속 찬 가을 이야기 나누고 싶다.

-「가을 커피맛」 전문

　오랜만에 낙엽 진 거리를 걷는다. 동호인들과 함께 한 손엔 모락모락 김 오르는 블랙커피 한 잔 들고 노랗고 붉게 물든 나뭇잎들의 흔들림을 친구하고 함께 산길을 걷는다. 그러면 커피 맛은 더 향기롭고 은은하다. 계절이 익어 가는 가을 맛이 일품이다.
　그래서일까 가을은 이별이란 말이 어울리는 듯하다. 이제 떠날 일들이 많기 때문이다. '가을은 가고 흐르는 것에/잔잔한 숲길 지나며 산울림에 기대 사는 지혜/오늘도 가을은 행복한 오색단풍이다' 시인에게 있어 가을은 또 하나의 행복이다. 그건 시인이 좋아하는 오색 단풍이 있고 좋아서 걷는 잔잔한 숲길이 있기 때문이다. '진하게 탄 가을 커피 한 잔 마시며/속 찬 가을 이야기 나누고 싶다' 가을이 되면 허전하기에 누군가와 속 찬 이야기 나누고 싶은 계절이다. 커피 한잔 같이하면서 가을은 누나여, 어머니여 하고 부르고 싶은 계절이다. 그래서 다 할 수 없이 아름답고 정감 있는 계절이기도 하다. 잊혀질 것 같지만 가을이기에 채워질 것도 같다. 모든 것들은 생각하기 나름이지만 분명한 것은 가을이기에 더 아름답고 더 연인스러워 더 함께하고픈 계절이다. 시인은 그래서 이 가을에 더 큰 매력을 느끼는가 보다.

세상엔 강이 없다면
너에겐 넓은 바다도 없다

수년의 여린 침묵을 향해
도道와 예禮를 가꾸며 걸어가는
아름다운 세상에 강과 바다

사랑과 행복은
자유롭게 흘러야 흐르나니
지구상 강이 없다면 바다도 없어라

사랑을 서로 주고받으며 사는 세상
강물과 바다는
늘 흐르고 흐르는 삶에 혈관이여
                    -「강과 바다」 전문

이 시의 1연은 '-이 없다면' '-이 없다'로 강과 바다를 하나의 매체로 연관시킨다. 자연의 이치로 보아 당연히 강이 흘러 바다로

가는 이치이기 때문에 강이 주는 의미가 크다. 강이 순리대로 가야 한다. 그들은 말없이 서로의 예를 지킨다. 강은 흘러야 하기 때문에 거슬러 올라가지 않는다. 바다 또한 모든 것을 받아들일 준비가 되어 있다. 시인은 당연한 이치로 강과 바다의 당연한 이치를 새삼 싯귀로 만들어 사용하고 있는 이유는 바로 사랑과 행복을 찾기 위한 유연성이다. 사랑과 행복은 자유로워야 한다. 구속은 비록 아름다울지라도 불행한 것이기 때문에 여기에서만은 자유로움이다. 사랑은 서로 주고받아야 하는 것이어서 강물 또한 끊임없이 주어야 한다. 그리고 바다는 또 끊임없이 받아야 한다. 이런 현상은 비록 강과 바다에서뿐만 아니라 살아가는 방법 또한 그렇다. 주는 것과 받는 것을 대비시켜 당연한 논리인 것을 쟁점화하는 경우도 있는데 여기서의 논쟁은 작품 속에서일 뿐이고 사회체제나 사회활동의 경우는 아니다. 따라서 4연에서 말하듯 '강물과 바다는/늘 흐르고 흐르는 삶에 혈관'이라는 말로 강물과 바다는 결국 하나라는 의미로 해석할 수 있다. 우리는 생활 속에서 수없이 비교당하고 비교하고 위아래로 논쟁을 하고 이에 대해 시시비비를 가리면서 무수한 투쟁도 한다. 넓은 의미로 해석하려고 보면 모든 게 당연이라는 것에 대해 문단의 중심을 잡지 못하기도 하지만 강과 바다라는 함축된 이미지이기 때문에 본질은 하나라는데 이상이 없을 듯하다.

3. '묵은 솔이 광솔이다', 연륜에서 나오는 진솔함

'옛말에 묵은 솔이 광솔이다'라는 말이 있다. 그만큼 연륜이 가져오는 진솔함을 말하는 것일게다. 광솔은 옛날 땔감이 없던 시절 산에서 나무를 해 오는데 오래된 소나무 줄기 한가운데에 광솔이 있어 그곳을 베어낸 나무 조각으로 불을 붙이면 잘 타고 환하고 오래가고 일거삼득이 되는 유명한 나무 기생충이다. 그래도 광솔이 있으면 불씨를 오래 날을 수 있고 잘 견디면 불씨를 오래 보관할 수 있고 불도 밝힐 수 있어 매우 유용하게 쓰인다. 문인도 마찬가지다. 연륜 있는 홍 시인 같은 문인이 있음으로써 하나둘 능력 있는 문인사회가 이루어질 것으로 믿는다.

가지마다 새들의 말이 걸린 나무가 베어졌다
해마다 허공을 잡아당겨 면적을 넓힌
천둥과 우레도 비껴가던 품이었다

가만히 귀 기울이면 환상통을 앓는 소리가 들린다
사슴벌레에게 젖을 물리던 굴참나무
말라버려 옹이가 된 젖꼭지에선 묵은지가 풍긴다

인간의 발길이 닿자 숲은 여기저기 간벌 된
몸이 파문으로 남았다
바람이 연신 그들의 말을 사방으로 옮겨보지만
세상 저쪽의 말을 몸통에 간직한 나무는
누워서도 굳게 입을 다물었다

눈초리에서 나무의 발밑이 궁금하던
햇살이 재빠르게 허공을 바닥에 드러눕히니
중심을 잃고 쓰러지며 쏟아지는 나이테에 미처
간직하지 못한 말의 뿌리를 다급하게 거둬들였다

한 해 한 해 파문으로 생긴 나이테였다

비밀을 물어오던 주둥이가 간사스런
참새들이 떠나자, 오래 한자리를 지키던 나무는
이제 수십 개의 동그라미로 남은 나이테

맥박이 흐리자 제 속을 보여주는 과묵함에
또 다른 나이테는 다시 침묵으로 접히고 있다

- 「나이테」 전문

  홍 시인이 나이가 들었음을 알 수 있는 시 중의 하나다. 나무와 마찬가지로 사람에게도 나이테가 있다. 나무의 나이테는 톱으로 잘라 봐야 알 수 있지만 사람은 얼굴이나 그 사람이 쓴 글을 보면 가늠할 수가 있다. 홍 시인도 나이테라는 시 속에서 자신이 나이가 들었음을 알려 주고 있는 것이다. '참새들이 떠나자, 오래 한 자리를 지키던 나무는/이제 수십 개의 동그라미로 남은 나이에//맥박이 흐리자 제 속을 보여주는 과묵함에/ 또 다른 나이테는 다시 침묵으로 접히고 있다'에서 보듯 나이가 들면서 이것저것 참견보다는 침묵으로 접힌다고 말한다. 참견도 힘이 있어야 한다. 그 힘은 육체적인 힘이건 정신적인 힘이건 나이가 들면 쇠잔해지기는 마찬가지다. 그저 조용히 관조하고 있을 뿐이다. '사슴벌레에게 젖을 물리던 굴참나무/말라버려 옹이가 된 젖꼭지에서 묵은지가 풍긴다' 그렇다 나무나 사람은 나잇값을 하는 것이다. 그래서 '묵은 솔이 광솔이다'라는 말도 있다. 오래된 나무에서는 여러 가지가 나온다. 한쪽 귀퉁이에선 버섯이 자라고 한 족에선 겨우살이가 자라고 또 한쪽에선 새 둥지가 있는가 하면 또 한족엔 사슴벌레가 붙어 진을 빼먹고 딱따구리가 구멍을 뚫고 집을 짓고 살고 있다. 사람도 나이가 들고 준비된 자에겐 내면에 자리하고 있는 지적 자산들이 표출되고 품위도 있어 보이고 고귀함도 엿보인다. 홍 시인의 나이테에서는 그런 것들을 감지할 수 있다. 나이가 들어 좋다는 것은 젊은이들이 알 수 없는 것들이 소중한 것들이 스며 있다. 그게 바로 경험이고 연륜이다. 그럼에도 불구하고 해가 갈수록 노인들의 소중한 경험과 재산들이 사장되고 있는 경우가 많아 안타까울 뿐이다. 이는 사회적 현상이나 위정자나 어른들이 좀 더 적극적으로 젊은이들에게 모범이 되는 교육과 실천을 해야 되지 않을까 생각한다.

　　　　자유로 흐르던 냇물이 하수로 흘러나와
　　　　외항선 오가는 포구까지 목을 조였다

　　　　흙내음 마시며 짙은 봄철 냉이 캐던
　　　　파란 향수의 입맛
　　　　이정표는 없이 어떻게 봄맛을 보랴

　　　　잃은 자의 가슴은 늘 허전하고
　　　　외롭고 후회 한 조각에 육신을 타이르지만
　　　　새벽을 벗어나는 불타는 일출은
　　　　언제나 흐르는 물살을 찾고 있었다

　　　　봄날 향수鄕愁가 분출되는 흐름에……
　　　　　　　　　　　　　　　-「봄의 향수」 전문

이 시는 다시 봄이 왔기에 옛날 그 봄의 맛과 멋을 추억하는 향수일 수도 있고 어둡고 추운 겨울옷을 빨리 벗어버리고 새봄의 맛을 느끼기 위해 그 봄을 기다리는 마음일 수도 있다. 그러나 분명한 것은 전후가 모두 봄이 있기에 가능한 거고 여름 가고 가을 지나 언젠가는 분명 다시 봄이 올 것이기 때문에 시인은 그 봄의 추억 속에 오늘을 맞는다. 시인에겐 수십 년의 봄 추억을 갖고 있으니 그 세월의 흐름 속에서 봄을 맞는 감회가 남다를 수도 있을 것이다. '흙 내음 마시며 짙은 봄철 냉이 캐던/ 파란 향수의 입맛'에서처럼 시인의 봄은 수십 년을 거슬러 올라가 유년 시절의 그 봄을 꺼내고 싶은지도 모른다. '잃은 자의 가슴은 늘 허전하고/외롭고 후회 한 조각에 육신을 타이르지만/새벽에 벗어나는 불타는 일출은 /언제나 흐르는 물살을 찾고 있었다'에서 말하듯 시인은 언제나 새롭게 맞이하려는 봄을 찾는다. 이는 홍 시인님의 생각이 아니라 새봄을 맞이하려는 모든 사람의 마음이다. 봄은 새롭게 움직임의 시작이다. 그래서 흐르는 물살을 찾는다고 한다. 정지된 것에는 희망이 없다. 후회하지 않으려면 새롭게 추구하고 앞으로 나아가야 한다. 그러려면 봄날의 그 모습들처럼 흐르고 새롭게 움직이고 앞으로 나아가려는 시도를 끊임없이 해야만 한다.

홍 시인의 문학을 여기에 있는 시 몇 편으로 대신할 수는 없다. 그러나 분명한 것은 홍 시인은 매우 부지런하고 다작하며 시를 무척 사랑하고 아낀다는 것이다. 그의 문학적 위상이나 문학세계는 평가자에 따라 다르기 때문에 여기서 왈가왈부할 생각은 없다. 다만 고향을 사랑하고 서정성 짙은 작품과 사람들과의 생활 속에서 진솔한 마음을 시속에 담으려 노력했다고 말하고 싶다. 글을 쓰는 사람이면 누구나 좋은 작품 하나 남기고 싶어 한다. 홍 시인도 그래서 열심히 시를 쓰고 있다. 80년대부터 시를 쓰기 시작한 홍 시인은 당진에서는 비교적 일찍 시를 쓰기 시작했다. 필자도 70년대 나태주, 구재기, 권선옥과 함께 새여울시문학동인회를 만들어 시작 활동을 했으니 벌써 50여 년 세월이 흘렀다. 서정성 짙은 작품들과 낭만적이며 향토성 짙은 작품들을 두루 선보이고 있는 홍 시인이 앞으로도 좋은 작품을 많이 써서 훌륭한 시인으로 거듭나기를 기도한다. 글은 죽을 때까지 쓰는 것이다. 어디를 갔다 와도 기다리고 있는 것이 시이기에 오늘도 시를 사랑하는 홍 시인은 필히 집의 어느 한쪽에서 아니면 산과 들의 어느 쉼터에서 시 한 편을 쓰고 있을 것이다. 벌써 입추가 지나고 가을이 오는 소리가 들린다. 시집 출간을 축하하며 이 가을 더 좋은 작품들이 나오기를 기대한다.